ERNEST BAROCHE

COMMANDANT DU

12ᵉ BATAILLON DE MOBILES DE LA SEINE

AU BOURGET

PARIS. — E. DE SOYE ET FILS, IMPR., 5, PL. DU PANTHÉON.

Paul Le Rat sculp.

ERNEST BAROCHE

COMMANDANT

DU

12ᵉ BATAILLON DE MOBILES DE LA SEINE

AU BOURGET

28, 29, 30 OCTOBRE 1870

PARIS

AMYOT, ÉDITEUR, 8, RUE DE LA PAIX

1872

ERNEST BAROCHE

COMMANDANT DU

12ᵉ BATAILLON DE MOBILES DE LA SEINE

AU BOURGET

Le 28 octobre 1870, à six heures du soir, une colonne
d'infanterie sortait de Saint-Denis par la porte de la Courneuve, passait devant le fort de l'Est et, laissant à sa droite
la redoute des Quatre-Chemins élevée en avant du fort
d'Aubervilliers, s'engageait sur la chaussée du chemin de
fer de Soissons. La nuit était noire et une pluie persistante
avait détrempé la route. La colonne allait renforcer la petite
troupe qui gardait le Bourget enlevé le matin par les
francs-tireurs de la Presse.

Les marches de nuit aux avant-postes ont quelque chose
de solennel : il est défendu de parler, de fumer ; le cliquetis
des armes est étouffé pour ne pas éveiller l'attention de
l'ennemi ; les ordres se donnent à voix basse ; la mono-
tonie du défilé est seulement interrompue par l'appel des
sentinelles, par les coups de canon qui, au milieu des té-

nèbres, font briller un éclair sur l'acier des baïonnettes, ou par le juron d'un soldat qui a glissé dans une fondrière; les plus vaillants ne peuvent se soustraire à l'oppression de l'inconnu.

Malgré la pluie et le danger, la troupe s'acheminait joyeuse; le gouvernement de la Défense Nationale venait de démentir la capitulation de Metz, et affirmait que l'héroïque Bazaine tiendrait encore pendant de longs jours, en neutralisant devant lui les corps de Steinmetz et de Frédéric-Charles; les armées de province s'organisaient et avaient obtenu quelques succès; enfin la surprise du matin, en nous donnant un nouveau poste, nous ouvrait la ligne des Prussiens et nous permettait d'espérer la rupture prochaine du cercle de fer qui nous étouffait.

L'opinion publique avait appris avec une vive satisfaction l'occupation du Bourget; c'était notre premier combat heureux sous Paris, le premier où nous restions maîtres du terrain. Le bon sens populaire avait aussi vaguement deviné l'importance stratégique de la nouvelle position qu'un hardi coup de main nous avait conquise.

Notre ligne de défense au nord de Paris présente deux pointes extrêmes, la Double-Couronne de Saint-Denis à gauche, le fort de Noisy et la redoute de La Boissière à droite; au milieu elle fléchit en se rapprochant des fortifications. Grâce à la longue portée des pièces nouvelles, il était possible de redresser cette ligne et même de la faire avancer au nord de plusieurs kilomètres sans que le nouveau point central pût être gravement compromis.

Pour la défensive, la position se trouvait protégée à l'ouest et à l'est par les feux croisés des forts de Saint-Denis et des batteries de Romainville et de Noisy; elle était appuyée en arrière par le fort d'Aubervilliers et par la redoute des Quatre-Chemins, avec laquelle on avait déjà cherché à améliorer la ligne de nos retranchements. On gagnait ainsi sur l'ennemi quelques milliers d'hectares en culture maraîchère couverts de légume, ce qui n'était pas à dédaigner, en dehors des combinaisons stratégiques, à une époque où la population assiégée se trouvait déjà réduite à user des aliments conservés.

Pour l'offensive, le mouvement était plus précieux encore. Nous avancions de trois ou quatre kilomètres dans les lignes prussiennes; nous prenions de flanc sur la gauche la butte Pinçon et les hauteurs d'Orgemont, que Saint-Denis et les grosses pièces de Saint-Ouen battaient de face; en avant nous pouvions inquiéter l'ennemi jusqu'à son grand parc d'artillerie de Gonesse, éloigné du Bourget de moins de 4,000 mètres; à droite en combinant l'action avec un effort sur le plateau d'Avron, nous interrompions le chemin ordinaire de communication de l'ennemi, et nous obligions ses convois de ravitaillement et ses colonnes de secours à allonger leur trajet de plusieurs lieues pour se mettre à couvert de nos projectiles, avantage inappréciable quand il s'agit d'écraser l'ennemi avant qu'il ait pu obtenir du renfort; enfin, en prévision d'une grande trouée, nous acquérions un splendide champ de déploiement pour notre armée de sortie, sans obstacles préalables à franchir, précisément du côté où l'assiégeant est le plus faible parce qu'il est sans soutien.

En effet, au nord de Paris se développe une vaste plaine, inclinée vers l'est, d'une largeur variant entre 15 et 20 kilomètres, bornée à gauche par la butte Pinçon et les hauteurs de Montmorency, à droite par les côteaux du Raincy et le mamelon de Dammartin, qui, après avoir rencontré les vallées de l'Oise et de l'Aisne, aboutit par des pentes douces aux plateaux de la Picardie et du pays de Caux. C'est par cette trouée qu'en 1814 l'armée d'invasion commandée par Blücher a pénétré jusque sous Paris, après avoir écrasé le corps du maréchal Mortier.

L'ouverture de cette plaine du côté de Paris est fermée par trois villages : Dugny à gauche, Drancy à droite, le Bourget au centre. Au point de vue militaire, le Bourget qui est bâti sur la grande route de Paris à Lille est de beaucoup le plus important, car il n'est pas sérieusement dominé ; et, fortement occupé, il rend intenables pour l'ennemi les deux autres positions. Il peut donc être considéré comme la clef de la plaine dont il commande l'entrée, et sa possession est indispensable pour tenter une sortie par le nord et opérer un ravitaillement.

A première vue, l'espace qui s'étend entre Gonesse et Aubervilliers, au milieu duquel est situé le Bourget, semble uni et plat ; fouillé avec une bonne lorgnette, il laisse apercevoir de petits cours d'eau qui suivent de légères dépressions de terrain. Trois de ces cours d'eau courent transversalement de l'est à l'ouest et vont se réunir près de Saint-Denis dans des marécages appelés « la vieille mer » ; c'est une des défenses de la ville. Un renflement de terrain assez prononcé, de deux mille mètres de largeur environ, sépare les ruisseaux en deux bassins : la Morée au nord, la Mollette et le Moleret au sud.

La partie principale du Bourget est bâtie sur le versant du renflement qui regarde Paris. Le village, qui n'est à peu près composé que d'une rue bordée de maisons, se développe sur la pente en suivant la grande route, s'élargit au fond de la petite vallée pour profiter du voisinage du cours d'eau et remonte sur le versant opposé du plateau d'Aubervilliers, jusqu'à la chaussée du chemin de fer de Soissons qui coupe la route en diagonale.

Grâce à cette disposition, le Bourget, entre les mains d'un général habile, devient facilement un très-bon poste avancé pour un corps de l'armée assiégée : avec la Morée en première ligne, avec des tranchées doublées de murs crénelés au second plan et venant s'appuyer sur la Mollette, le gros du village, à peu près à l'abri des coups de plein fouet, peut servir de place d'armes, tandis que des batteries élevées en avant et sur les flancs, tiennent l'ennemi en respect et l'inquiètent au loin. La position ne présenterait de dangers sérieux que dans l'hypothèse de moyens de résistance mal préparés. Une colonne ennemie, partie de Blancmesnil ou de Dugny, qui suivrait le pli de terrain au fond duquel coulent la Mollette et le Moleret, pourrait alors tourner la position. Le corps de réserve chargé de tenir le centre du village dont la vue, par la nature des lieux, ne peut s'étendre au-delà de quelques cents mètres, se trouverait ainsi facilement surpris, et il serait de plus compromis gravement, car la Mollette lui coupe sa ligne de retraite; en effet elle n'est pas guéable, surtout aux abords du village où pour l'agrément, pour les besoins de l'industrie et de l'irrigation maraîchère, elle a été divisée, creusée, élargie en pièces d'eau; elle ne peut être traversée qu'en prenant la grande route ou en allant chercher deux petits ponts situés à plus de huit cents mètres des maisons, dans la direction de Blancmesnil, justement du côté par lequel l'attaque est le plus à craindre.

En résumé, la possession du Bourget nous était d'un secours précieux pour rectifier notre ligne de défense, menacer les positions de l'assiégeant et l'obliger à reculer ses bases d'opération; elle nous était indispensable pour couvrir le déploiement de nos troupes dans l'hypothèse d'une grande sortie. Mais elle exigeait l'exécution immédiate de travaux de retranchement, l'établissement de fortes batteries et une surveillance sévère.

La colonne qui était dirigée sur le Bourget, se composait d'un bataillon de ligne et du 12ᵉ mobiles de la Seine. Ainsi renforcée, la garnison déjà formée des francs-tireurs de la Presse, d'un bataillon du 28ᵉ de marche et du 14ᵉ mobiles, ne devait pas s'élever à plus de deux mille cinq cents hommes avec deux petites pièces de campagne et une mitrailleuse. Un retour offensif de l'ennemi était inévitable pour réoccuper un poste aussi important, et c'était là tout ce que nos généraux avaient jugé convenable d'opposer à ses nombreux régiments et à sa formidable artillerie!

Les troupes de ligne furent placées en avant sur le front du village et sur son flanc droit; les bataillons de mobiles devaient rester dans les maisons, servir de troupes de soutien à la disposition du colonel de brigade commandant la place; le 14ᵉ fut chargé de la gauche et de la partie supérieure du Bourget du côté de Saint-Denis, de Dugny et du Pont-Iblon; au 12ᵉ échut la défense de la droite qui regarde Drancy et Blancmesnil.

La plus grande partie de ce côté du Bourget est enclavée dans un parc en culture, de cinquante hectares environ (1,000 mètres de long sur 500 de large), fermé au nord et à l'est par un mur élevé, au sud par la Mollette et des fossés. Les maisons, dont plusieurs sont accompagnées de jardins également fermés par des murs mêlés à des bâtiments de décharges, forment le quatrième côté du rectangle et empiètent sur le terrain de l'enclos en découpant des échancrures irrégulières. A peu près au centre, une grande et longue maison bourgeoise d'un étage, à pignon sur rue, possède un passage qui sert de débouché du parc sur la grande route; ce passage a cinquante mètres environ et est fermé par une grille à chacune de ses extrémités.

Les deux ponts dont nous avons déjà parlé sont situés l'un au point d'intersection du mur et de la Mollette, l'autre plus près, mais encore à huit cents pas au moins du village.

La troupe de ligne avait donc été placée en dehors de l'enclos, autour du mur; par une négligence singulière elle y resta deux jours sans qu'on songeât à lui faire creuser une tranchée ni percer un créneau; on ne prit même pas la précaution d'ouvrir des brèches de retraite pour lui permettre de se replier sur le village. Le 12ᵉ bataillon occupait les maisons et les jardins intérieurs qui furent immédiatement barricadés et crénelés; la dépression du terrain et le mur de l'enclos fermaient complètement son horizon.

Le 12ᵉ mobiles recruté dans les quartiers de Montrouge, de Plaisance, de l'Observatoire et de Gentilly passait pour un des plus solides; on avait remarqué la rapidité avec laquelle il s'était assoupli aux manœuvres et avait accepté la rude vie de la guerre. Officiers et soldats s'y unissaient dans un commun et entier dévouement pour leur commandant, Ernest Baroche, fils de l'ancien ministre. Aucun chef n'en fut jamais plus digne.

Indépendant et fier, E. Baroche ne voulait rien de la faveur; ses égaux devaient conquérir son estime et forcer son amitié; mais patient, simple et doux pour les petits, il avait le secret de se faire adorer quand il aurait pu se faire obéir. Merveilleusement doué, d'un esprit vaste, pénétrant, extraordinairement actif et facile, il avait la curiosité de tout connaître, la volonté et le courage de tout apprendre; il devinait ce qu'il ne pouvait approfondir. Orateur habile, causeur étincelant, avec une verve sans pareille toute pétillante de mots heureux et de traits incisifs, d'une bravoure qui eût été de la témérité si elle n'eût été réglée par une énergie indomptable, cœur enthousiaste et chevaleresque, prompt à se passionner pour ce qui est noble et grand, plus prompt encore à exécuter sans souci du bien-être et au risque de la vie ce qu'il avait jugé honnête et généreux, il pouvait tout entreprendre avec la certitude de tout réussir.

Héritier d'un nom illustre, il avait vu ouvertes devant lui les carrières brillantes et faciles; il préféra celle où le mérite, le travail sont contrôlés par l'épreuve publique de chaque jour. Parvenu par ses talents au premier rang des hommes utiles, à l'âge où les autres débutent dans la carrière, il devait se heurter contre l'envie qu'aigrissait encore la gloire paternelle; au lieu de la ménager il l'avait dédaignée ou provoquée. Trop fier pour se plaindre même d'une injustice, trop sûr de lui pour ne pas compter sur la réparation de l'avenir, il opposa aux revers le même stoïcisme avec lequel il accueillait la bonne fortune. Alors il se jeta dans la grande mêlée industrielle; les goûts et les habitudes qu'on lui connaissait semblaient devoir l'en détourner; la volonté de se montrer supérieur aux difficultés les plus rebutantes, l'ivresse de la lutte âpre et violente, l'intelligence des besoins de son temps l'y entraînèrent, et peut-être plus encore que toute autre raison, une naturelle prédilection pour ceux qui travaillent et souffrent, un ardent désir d'améliorer leur sort en relevant leur dignité, premier instinct du cœur qui devenait une profonde clairvoyance politique. A la sueur de son front, il avait atteint à cette haute situation que donnent dans le monde une fortune honorablement acquise et une capacité éprouvée, quand la guerre éclata comme un coup de foudre.

Il n'en fut pas surpris; il ne s'en dissimula pas un instant la gravité ni les périls. Ses amis se souviennent encore de ses prophétiques avertissements sur notre infériorité numérique opposée aux forces écrasantes de l'Allemagne. Mais ce caractère d'acier ne savait pas plus s'abandonner aux découragements stériles qu'aux décevantes illusions; habitué à juger vite et bien les vices d'une situation et les moyens de la rétablir, il rassurait ceux qu'effrayait cette grande aventure : « On ne prépare bien la guerre qu'en la faisant », répétait-il; c'était alors un de ses aphorismes : « Que tous les hommes valides soient debout; et dans deux mois six cent mille soldats mobiles et volontaires seront organisés, prêts à la lutte et serviront de réserve à l'armée du Rhin ! » Chez lui l'acte accompagnait toujours la parole. Dès la première heure il avait demandé la direction d'un bataillon de Paris et il avait sollicité du service avec la même ardeur que d'autres auraient mise à s'en faire dispenser. En province il pouvait obtenir un commandement plus facile ou plus important, il avait préféré les Parisiens; il ne craignait rien de leur indépendance, mais il comptait sur leur intelligence et sur leur crânerie au feu.

Les bataillons de mobiles, même à Paris, n'existaient alors que sur le papier; tout était à faire.

E. Baroche avait d'abord à acquérir la pratique du métier ; pour lui ce fut l'affaire de quelquesjours. Puis tout en courant de Paris à Besançon, de Besançon au camp de Châlons, du camp de Châlons au camp de Saint-Maur, du camp de Saint-Maur à Saint-Denis, de Saint-Denis aux avant-postes de Pierrefitte, de Villetaneuse, d'Aubervilliers, en moins de quatre semaines il fit de sa troupe une des mieux préparées de l'armée de Paris; pour accomplir cet effort singulier son esprit d'organisation, son expérience des affaires et son habileté à manier les hommes l'avaient mieux servi que les plus longues traditions militaires.

Il y était aidé du reste par la meilleure volonté de sa troupe que lui avaient tout d'abord conquise sa bonne humeur et sa patriotique résolution. Son début fut un vrai succès.

Le 12ᵉ mobiles campait sur la plaine de Châlons. Il était arrivé au lendemain de ces actes regrettables d'indiscipline que n'avait pu prévenir la présence d'un maréchal de France. A l'occasion du 15 août, E. Baroche réunit son bataillon et lui parla en termes chaleureux de la patrie en danger, de la patrie qui comptait sur les enfants de Paris et qui avait besoin des efforts de tous pour chasser l'étranger; il se trouva ainsi amené à leur peindre la nécessité de l'union et à flétrir ces complices de l'envahisseur qui, en face de l'ennemi, oseraient diviser le pays et susciter la guerre civile en sacrifiant à leurs passions le salut de la France! Alors les braves jeunes gens, qui cependant ne se piquaient pas de bien vives sympathies gouvernementales, l'avaient interrompu en acclamant trois fois le nom de l'Empereur.

Cette bonne volonté devint bientôt une estime sérieuse, une absolue confiance quand on vit ses efforts, sa vigilante sollicitude qui suppléait toujours aux lacunes de l'intendance, son activité intelligente pour faire de sa troupe le corps le plus vite armé et le mieux équipé, ses soins touchants pour de jeunes soldats encore inhabiles à de si durs travaux, sa discrète générosité, sa bienveillance pour tous. Aussi lorsque le gouvernement de la Défense Nationale, après le 4 septembre, jugea bon, dans un but de rancune politique, au bruit du canon, sans souci de la discipline, de soumettre à l'élection tous les officiers de la garde mobile et d'anéantir ainsi une organisation à peu près accomplie, le 12ᵉ à l'unanimité affirma sa volonté de conserver son commandant.

Quelques incidents vinrent resserrer ces liens qu'avait noués un commun amour de la France.

Le commandant Baroche était jaloux de l'honneur de son arme. A Saint-Denis, dans un café, plusieurs officiers de ligne autour d'une table plaisantaient la garde mobile; le commandant signale sa présence sans les faire taire; les brocards des vieux troupiers continuent de pleuvoir sur les recrues; impatienté il se lève et s'avançant lentement vers la table, d'un ton grave : « Vous devriez vous rappeler, « messieurs, dit-il, que parmi les troupes qui ont capitulé, « il n'y a qu'un uniforme qu'on n'ait pas vu, et cet uniforme « n'est pas le vôtre ! » Les officiers courbèrent la tête en silence.

Une autre fois, à la suite d'une querelle, un lieutenant de son bataillon ayant demandé réparation par les armes à un officier de ligne, celui-ci refusait de répondre au cartel en alléguant qu'il ne pouvait pas reconnaître pour son égal un homme qui ne devait son grade qu'à l'élection; E. Baroche fait venir l'officier et l'invite à donner la satisfaction qui lui est demandée en lui déclarant que s'il refuse, ce sera cette fois au commandant du 12ᵉ en personne qu'il devra rendre raison. L'affaire s'arrangea plus tard à la satisfaction de l'insulté.

Cette susceptibilité de soldat fit grand honneur au commandant dans l'esprit de la garnison, et contribua singulièrement à élever le sentiment militaire de sa troupe.

La bravoure de Baroche est légendaire au 12ᵉ, chaque homme a son souvenir. Un trait entre mille :

On avait remarqué qu'aux avant-postes les officiers prussiens ne se montraient jamais; quand les nécessités du service les obligeaient à se découvrir, ils s'habillaient en soldats et se faisaient poser comme sentinelles, pour profiter de la tolérance des factionnaires qui, par une sorte d'accord tacite, s'abstenaient de tirer les uns sur les autres afin d'éviter une effusion de sang inutile. Une semblable précaution répugne au caractère français; le commandant Baroche moins que tout autre était capable de s'y astreindre, et il ne se faisait pas faute de se promener, en grand uniforme, à découvert sur l'épaulement de la tranchée; les balles sifflaient autour de lui sans l'avoir jamais atteint.

Ce n'était pas de sa part une vaine bravade, il savait qu'il fallait inspirer à de jeunes troupes le mépris de la mort, et il voulait montrer à l'ennemi quels cœurs de soldats battaient sous l'uniforme de la mobile.

Par une belle journée d'octobre il était de grand-garde en avant de Saint-Denis, à quelques cents mètres d'un village occupé par les Prussiens.

La plaine paraissait déserte; les persiennes étaient soigneusement closes, le village semblait abandonné; mais un œil exercé devinait les embuscades placées devant les maisons et les sentinelles qui derrière le créneau, le doigt sur la détente, s'apprêtaient à faire feu.

Après un long silence, une mélodie harmonieuse et sonore s'élève du milieu des murs et des jardins, une musique de régiment commençait la grande marche du Tannhauser. Le commandant saute sur le talus de la tranchée et, comme en se promenant, se dirige vers le village; il s'arrête à mi-chemin, s'assied à l'ombre sur un tronc d'arbre, dé-

pose son képi, allume tranquillement un cigare et écoute le
concert. Quand la dernière note se fut perdue dans le dernier écho, le soleil s'abaissait derrière le Mont-Valérien
en inondant de ses rayons du soir les coteaux qui cou-
ronnent la vallée de la Seine; le commandant reprit son
képi, son cigare était brûlé; après avoir salué ses ennemis
invisibles, il rentra à pas lents dans nos lignes. Ses hommes,
qui de la tranchée pendant toute cette scène ne l'avaient
pas perdu de vue, retenaient leur souffle, s'attendant à
chaque instant à le voir frappé d'une balle, prêts à le
venger ou à voler à son secours. On apprit plus tard par
des prisonniers que les officiers prussiens, qui dans plusieurs rencontres avaient déjà admiré la bravoure d'E. Baroche, avaient défendu cette fois aux soldats de tirer sur
lui et avaient applaudi de bonne grâce à cette leçon de
courtoise intrépidité.

On racontait dans la chambrée ces épisodes. Chacun en-
durait plus patiemment ses fatigues et ses privations en
voyant le commandant dormant à peine, presque toujours
sur pied pour écouter les rapports, exécuter les rondes,
surveiller les sentinelles et s'assurer de l'exactitude du service, souffrant sans se plaindre la pluie, le froid, le manque
de nourriture, et trouvant toujours un bon mot parisien,
une parole fortifiante pour relever les courages et égayer la
mélancolique uniformité du labeur militaire.

Ces solides qualités n'avaient pas seulement bien posé
le commandant Baroche parmi les soldats; ses chefs n'a-
vaient pas tardé à reconnaître tout ce que pouvait donner
cette riche et brillante nature.

Quoiqu'il ne fût pas du métier, on l'écoutait volontiers; il
avait été nommé membre du conseil de révision chargé de
recevoir les appels de la cour martiale de Saint-Denis, et

3

plusieurs fois on l'avait appelé à donner son avis sur des projets importants.

Il y avait un plan qu'il caressait depuis un mois, au moment de la prise du Bourget ; c'était une grande sortie pour ravitailler Paris et renforcer les armées de province. A une époque où l'état-major général craignait encore de ne pas avoir assez de soldats pour garder le rempart et la ligne des forts, un des premiers il avait compris que les forces accumulées à Paris étaient beaucoup trop considérables, parce qu'elles dépensaient les réserves de vivres sans utilité pour la défense.

Il aurait donc voulu que les meilleures troupes de la garnison, au nombre de cent cinquante à deux cent mille hommes, traversassent les lignes prussiennes et allassent former le noyau de l'armée de secours.

Il avait soigneusement étudié la plaine située au nord de Saint-Denis, c'était par là que la trouée lui paraissait présenter le plus de chances de succès ; en effet l'ennemi y était sans soutien et n'y entretenait habituellement qu'un rideau de troupes. Par un vigoureux effort on pouvait forcer cette ligne et en une étape gagner le bord de l'Oise aux environs de Chantilly. Après ce premier résultat, trois partis s'offraient au général victorieux. Il pouvait se rabattre sur la gauche et par un mouvement tournant, en suivant le cours de l'Oise, jeter à la Seine tout le corps d'armée campé dans la vallée de Montmorency, derrière Argenteuil, avec l'état-major du prince de Saxe ; la situation des Prussiens à Versailles devenait alors excessivement grave, puisque les Français, en continuant leur mouvement, passaient la Seine de Conflans à Triel et attaquaient le quartier général ennemi à dos, par les plateaux de Saint-Germain et de

Saint-Cyr. Ou bien il faisait une conversion à droite et, prenant à revers ces positions de la vallée de la Marne qui devaient nous coûter tant de sang un mois plus tard, il s'établissait fortement à cheval sur la ligne de retraite des Allemands et coupait leurs communications. Enfin, comme troisième hypothèse, suivant les chances de la lutte, si le général manquait de confiance dans sa fortune ou dans la solidité de son armée, il passait l'Oise dont la largeur n'est pas très-grande et filait sur les plateaux du pays de Caux et de la Picardie où aucun Prussien ne s'était encore montré. Avec un peu d'habileté il était facile de jeter des convois de ravitaillement dans Paris, avant que l'ennemi, incertain du parti qui serait adopté et menacé sur deux points éloignés dans ses bases principales d'opération, pût tenter un effort sérieux pour s'y opposer.

Le matin même du 28 octobre, le commandant Baroche s'était rendu à Paris, avec l'assentiment de son chef le général de Bellemare, pour signaler l'urgence d'une action prochaine et décisive de ce côté; dans l'entourage du général Trochu on commençait alors à parler du fameux plan avec une certaine hauteur; en présence de ces dispositions il prit le parti d'ajourner son projet.

Il put donc se croire heureusement servi par les circonstances, lorsqu'en rentrant à Saint-Denis il reçut la nouvelle de la prise du Bourget et un ordre de service qui l'envoyait soutenir cette première étape en avant.

On a vu comment le 12ᵉ bataillon fut installé au Bourget. Un vieux colonel en retraite, qui avait repris du service, exerçait les fonctions de général de brigade, commandant de place; le 12ᵉ n'était dans sa main qu'un instrument qui devait obéir avant tout, attendre, combattre et mourir.

Depuis que les Prussiens avaient évacué le village, leurs pièces de position et de nouvelles batteries l'écrasaient d'un feu des plus violents. La nuit fut horrible, le ciel était noir, la pluie tombait toujours, un vent de bise secouait les arbres et s'engouffrait avec des gémissements lugubres dans les maisons éventrées par la mitraille; à tout instant des éclairs rougissaient l'horizon; on entendait les détonations du canon qui faisaient vibrer les dernières vitres, puis, une seconde après, le ronflement strident de l'obus qui approche, arrive étourdissant, éclate en projetant des lueurs sanglantes. Des incendies se déclarent en plusieurs endroits, les murs s'effondrent, des toits s'écroulent tout entiers. L'ennemi est invisible, mais la mort est partout. C'est dans ces longues heures que l'autorité du chef se fait sentir.

Au matin, on put se rendre compte de la position; cependant la grêle de projectiles ne faisait qu'augmenter. Les Prussiens, qui connaissaient les moindres replis du village, tiraient presque à coup sûr; la grande rue était devenue impraticable. Un petit convoi de vivres envoyé de Saint-Denis s'arrête, les pourvoyeurs refusent d'avancer et reprennent le chemin de la Courneuve. La troupe est ainsi réduite à la seule ressource du biscuit et du lard emportés dans son sac par le soldat prévoyant. Par malheur, le mobile parisien n'a guère cette sagesse du vieux troupier, et la pitance du samedi fut assez maigre. Les officiers n'étaient pas mieux traités; le commandant Baroche partagea avec deux de ses collègues une tablette de chocolat, un petit morceau de lard, quelques débris de légumes ramassés dans les jardins; ce fut tout le repas de la journée (1).

(1) La garde mobile et les francs-tireurs de la Presse sont restés trois jours sans vivres. Le 28ᵉ de marche, qui était représenté au Bourget par sept compagnies, est resté quarante-huit heures dans la même situation.

Cet effroyable bombardement était chose nouvelle pour les mobiles; de plus aguerris n'ont jamais pu s'y faire; on a vu de vieux soldats d'Afrique, impassibles au bruit des balles ou devant une charge de cavalerie, se blottir sous des abris lorsqu'ils sont exposés à cette pluie de fer. En effet toute action est inutile, la riposte est impossible, la blessure est horrible; elle est ouverte par le plomb qui se déchire, par le fer qui se brise, par la pierre ou par le bois frappé qui mutile à son tour. On donnait autrefois aux hommes le conseil de se coucher à plat ventre afin d'éviter une partie des éclats qui se dispersent en effet de bas en haut. Ce conseil pouvait avoir quelque intérêt en présence des bombes à mèche qui brûlent lentement, avec un tir peu nourri. Aujourd'hui, il est presque toujours inutile et dangereux : inutile, car il est rare que l'obus à percussion n'ait pas éclaté avant qu'on ait eu le temps de se baisser; dangereux, parce qu'en face du feu précipité des canons se chargeant par la culasse, il est impossible de prévenir les projectiles qui arrivent de toutes parts, et que le soldat, tout occupé à surveiller les obus, ne songe bientôt plus qu'à se mettre à couvert et se démoralise rapidement; en même temps par ses mouvements répétés il fausse ses armes, égare ses munitions, perd son rang et oublie les ordres qui lui ont été donnés.

Les mobiles suivaient naturellement la coutume qui est encore répandue dans l'armée parmi les vieux soldats. Le commandant, qui en comprenait les inconvénients, avait cherché à les en dissuader. Pour appuyer la parole de l'exemple, il se promenait de long en large sur la grande

Les officiers ont partagé le sort des soldats. (Protestation des officiers français, prisonniers à Erfurth, contre le bulletin du général Trochu, publiée par l'*Indépendance belge*.)

route, le cigare aux lèvres, repoussant du pied les éclats qui rebondissaient autour de lui, habituant ses hommes à défier la mort. Et quand on le blâmait doucement de cette imprudence : « Vous voyez bien, répondait-il en souriant, « que cela ne frappe pas ceux qui n'ont pas peur ! » Il aurait pu ajouter qu'en agissant ainsi il enflammait le courage des jeunes gens qui le suivaient, et qu'il les préparait mieux que par le plus éloquent discours à opposer courageusement leurs poitrines à l'ennemi, à mourir vaillamment avec lui si le salut de la patrie l'exigeait.

Un obus avait causé d'affreux ravages dans les rangs d'une compagnie en le couvrant de fumée ; il ramasse tranquillement un éclat qui l'avait effleuré (1) et, se retournant vers le capitaine, M. Ozou de Verrie, également sain et sauf : « Eh bien ! capitaine, lui dit-il, nous aussi, nous pouvons « dire que l'obus qui doit nous tuer n'est pas encore fondu ! »

Un jeune lieutenant qui, quelques instants après, eut auprès de lui le visage et les yeux brûlés par la flamme d'un autre obus, s'écriait au bout d'un mois en sortant de l'ambulance, tout plein encore de ce souvenir terrible : « Le brave Baroche ! Nous étions là-bas sous un feu d'en- « fer ; mais si nous le croyions vivant, si nous pouvions « le retrouver, pour le remettre à notre tête, nous y re- « tournerions gaiement ! »

La garnison du Bourget devait être en partie relevée le samedi soir ; par suite d'un contre-ordre ou à cause de la violence du feu, elle resta à son poste douze heures de plus. Cette seconde nuit fut plus affreuse que la première ; les Allemands avaient pu élever de nouvelles batteries et recti-

---

(1) Cet éclat fut retrouvé dans la poche de son caban, le 16 février 1871, quand on découvrit son corps.

fier leur tir; nos pertes furent sensibles (1). Des alertes
causées par plusieurs reconnaissances de l'ennemi tinrent
les soldats presque continuellement sur pied, exposés à une
pluie torrentielle. Dans l'intervalle de la canonnade, on dis-
tinguait le bruit lointain de l'artillerie sur la grande route
et le bourdonnement significatif qui annonce de grands
rassemblements de troupes.

Le dimanche matin la diane avait sonné; un petit jour
pâle et brumeux commençait à poindre. Le commandant
Baroche, debout sur la barricade élevée à l'entrée du Bourget
du côté du Pont-Iblon, interrogeait la plaine avec sa lorgnette. Quarante pièces s'établissaient en éventail devant le
village qu'elles devaient écraser de leurs feux convergents.
Des bandes noires à moitié perdues dans le brouillard se
développaient à l'horizon sur toute la ligne qui rejoint le
Pont-Iblon, Dugny et Blancmesnil. Évidemment des masses
considérables soutenues par une nombreuse artillerie et par
de la cavalerie dessinaient un mouvement tournant contre le
village; une attaque de vive force était imminente (2).

(1) Les officiers prussiens ont avoué que leurs pièces avaient lancé plus
de 5,000 projectiles, en trois jours, sur le petit village.

(2) Le corps de la Garde prussienne était tout entier sur pied. Une division est restée en réserve.

Le corps mobilisé se compose de neuf régiments d'infanterie et d'un
bataillon de chasseurs, ensemble vingt-huit bataillons; de huit régiments
de cavalerie et de seize batteries avec quatre-vingt pièces. L'effectif des combattants s'élève à environ trente-six mille hommes. En comptant les services
auxiliaires, le corps de la Garde dépasse quarante mille hommes.

La Garde, à la différence des autres corps d'armée, n'a pas de district
territorial; elle se recrute dans toute la monarchie; elle reçoit les officiers
et les soldats d'élite. La deuxième division, qui a donné dans l'attaque du
Bourget, est formée des quatre plus beaux régiments d'infanterie de l'empire
d'Allemagne; exceptionnellement ces régiments sont distingués par des dé-
nominations honorifiques : grenadiers de l'empereur Alexandre, grenadiers
de l'empereur François, grenadiers de la reine Élisabeth, grenadiers de la
reine Augusta. Ce sont de véritables géants.

A quelques pas du commandant un lieutenant d'état-major, à cheval, étudiait la position. Un capitaine du 12ᵉ lui demande à quelle heure les troupes seront relevées :

— « A midi.

— « Mais, monsieur, nos hommes n'ont pas mangé depuis « trois jours; ils sont épuisés par le froid et par la fati- « gue (1). Envoyez-nous au moins du renfort.

— « Vous recevrez le renfort à midi.

— « Trop tard ! Les Prussiens vont attaquer; vous les « voyez qui approchent... Tenez, voici plus de quarante « pièces en batterie et nous n'avons pas un canon ! Comment « voulez-vous que nos soldats résistent?

— « L'ordre est formel : rester au Bourget, rester jusqu'au bout. »

Le commandant n'avait pas prononcé un mot, n'avait pas détourné la tête. S'avançant alors entre les deux officiers :

— « Mon cher ami, dit-il au capitaine à voix basse en lui « serrant le bras, les canons ne sont pas à Saint-Denis; on « ne nous en enverra pas; c'est ici qu'il faut apprendre à « mourir, le Bourget sera mon tombeau. Allez, réunissez « tous les hommes du 12ᵉ qui ne sont pas aux créneaux; « dites-leur qu'ils vont recevoir du renfort et de l'artille- « rie... » Et, avec un sourire d'ironie, lui montrant les deux petites pièces de 4 attachées à la défense du Bourget, qui précisément à ce moment débouchaient sur la grande route et montaient vers la barricade : « Tenez, en voici l'avant- « garde... Formez le bataillon en carré, les officiers au « centre. Je vais donner les dispositions de combat. »

---

(1) « Pendant trois jours et trois nuits, nos soldats sont restés constam- ment aux créneaux et aux barricades, sous une pluie battante, malgré le bombardement, malgré le manque de vivres... » (Protestation des officiers internés à Erfuth contre le bulletin du général Trochu.)

Le brave officier était digne de le comprendre. Il alla rassembler ses camarades en affectant une confiance qu'il n'avait plus.

Le commandant se tournant alors vers le lieutenant d'état-major :

— « C'est bien, monsieur. Allez dire à Saint-Denis ce que « vous avez vu. Hâtez-vous; il n'est que temps. »

L'officier enlève son cheval et part au galop. Il atteignait à peine le milieu du village, qu'une effroyable bordée de mitraille éclate sur la barricade. Le combat commençait. La plaine se couvre de fumées blanches; le sol tremble sous les décharges d'artillerie qui se multiplient, se succèdent avec des roulements de tonnerre presque réguliers. A travers les nuages de poudre on voit distinctement les corps d'infanterie et de cavalerie qui avancent rapidement en bon ordre. Ils se déploient de plus en plus sur les ailes comme deux bras immenses qui vont envelopper la petite troupe enfermée dans le Bourget et qui bientôt, en se resserrant, semblent devoir l'étreindre et l'étouffer; la colonne massée sur la pente du Pont-Iblon, en dehors de la zône du tir de nos chassepots, attend que le mouvement tournant ait réussi pour s'élancer de front à l'assaut de la barricade.

Le commandant descend au milieu de sa troupe; il indique brièvement aux chefs de compagnie leurs positions : dans le cas où ils se verraient forcés de reculer devant des forces supérieures, ils se replieront sur le centre du bataillon, en se retranchant dans les maisons. Puis élevant la voix pour se faire entendre de tous les hommes et dominer le fracas du canon et de l'obus :

— « Mes enfants, s'écrie-t-il d'un ton vibrant, les Prussiens « vont nous attaquer; ils veulent nous reprendre le Bourget. « C'est le moment de montrer ce que nous valons. Nous les

4

« recevrons chaudement; quand il n'y aura plus de muni-
« tions, à la baïonnette! Nous ne céderons pas, nous nous
« ferons tuer plutôt... Moi, je resterai!... Aux créneaux!... »

Les compagnies avaient à peine eu le temps de prendre
leurs lignes de bataille, que les premiers coups de feu
s'échangent aux avant-postes. Presque aussitôt la fusillade
éclate de toutes parts. Le commandant avait voulu se tenir
à l'endroit le plus exposé, au milieu des jardins crénelés
situés en haut du Bourget. La position était confiée à un
officier d'un dévouement et d'un courage éprouvés, le capitaine Ozou de Verrie, le même qui, quelques instants auparavant, avait été chargé de réunir le bataillon. Tranquille
de ce côté où il sait le combat bien engagé, le feu soutenu
et l'ennemi maintenu à bonne distance, le commandant
descend en dehors des jardins vers le milieu du village, du
côté de la pièce d'eau.

Les Prussiens pénétraient alors dans l'enclos à l'extrémité
du mur, près de la Mollette, tandis que d'autres corps passaient sur les deux petits ponts et remontaient vers la
chaussée du chemin de fer pour tourner la position.

Il semblait qu'à ce moment une troupe résolue, lancée sur
l'aile gauche de l'ennemi, aurait pu lui faire payer cher son
audace; après avoir repoussé le corps qui gardait les petits
ponts, elle coupait la retraite à la colonne engagée sur
l'autre rive de la Mollette, la jetait sur Aubervilliers et la
faisait prisonnière. Cette pensée frappa le commandant.

— « A moi le 12ᵉ! » s'écrie-t-il à deux reprises.

Il était alors en avant des maisons, à découvert sous le
feu convergent de l'ennemi.

Quelques hommes répondent seuls à son appel.

— « Où donc est le 12ᵉ?

— « Il se replie sur la Courneuve, à la suite de la troupe;

« on a sonné la retraite, mon commandant. Hâtons-nous,
« nous allons être faits prisonniers!

— « C'est impossible! aucun ordre de retraite n'a été
« donné. »

Il n'était que trop vrai, malheureusement : erreur ou
fausse manœuvre, quoi qu'il en soit, la troupe placée en
équerre le long du grand mur s'était repliée à l'approche
des Prussiens sur la chaussée du chemin de fer d'abord et
ensuite sur le fort d'Aubervilliers dont elle masqua les
feux, au lieu de se retirer sur le village où elle devait
couvrir les positions en se mêlant à la mobile après avoir
combattu pied à pied, comme le bon sens l'indiquait et
comme cela avait dû être convenu. Les dernières compagnies du 12ᵉ, placées au bas du Bourget le plus loin de
l'ennemi, en voyant s'effectuer cette retraite qu'un pli de
terrain masquait aux premières compagnies barricadées
dans le haut du village, avaient demandé des ordres, et
les envoyés ne revenant pas, s'étaient décidées à suivre le
mouvement, croyant l'affaire complètement perdue et la
position occupée par l'ennemi.

Les Prussiens s'avançaient en tiraillant, au pas de course,
le dos courbé, s'abritant de leur mieux des coups de feu qui
partaient des maisons; les premiers n'étaient plus qu'à cinquante pas du commandant.

D'autres paraissaient déjà sur la rive opposée, dans les
bâtiments que nos troupes en retraite venaient d'évacuer;
ils menaçaient de couper bientôt la grande route, seule
issue restée libre.

— « Commandant, vous allez être fait prisonnier, sui-
« vez-nous! » lui crient quelques soldats qui se précipitent
par une brèche dans un jardin donnant sur la rue.

E. Baroche reste avec une quinzaine d'hommes. Pour re-

joindre les compagnies qui continuaient à se battre dans le
haut du village, il remonte jusqu'à la maison dont la cour
sert de communication entre l'enclos et la route.

Une partie de la petite troupe veut fuir par ce passage,
gagner la rue et ensuite la chaussée du chemin de fer.
Baroche cherche à l'arrêter. A ce moment, une batterie prussienne s'était établie sur le sommet de la route,
sans résistance; car dès le début de l'affaire on avait enlevé les deux pièces de 4 pour les soustraire, disait-on,
à l'ennemi; et, à travers les débris de la barricade que
l'infanterie ne pouvait plus défendre malgré des prodiges de
valeur, elle balayait toute la largeur de la rue par un feu
épouvantable.

Voyant que toute observation était inutile, le commandant leva son képi :

— « Je vous remercie, messieurs, de m'avoir accom-
pagné jusqu'ici. »

Sept hommes sur quinze se jetèrent tête baissée dans le
tourbillon de mitraille; trois ou quatre arrivèrent à Saint-
Denis, échappés sains et saufs par miracle. Ils racontèrent
ces détails en rentrant, ajoutant, les uns que le commandant était tombé après avoir déchargé son revolver, les
autres qu'il avait été fait prisonnier. En réalité, ils l'avaient
laissé plein de vie et de sang-froid entouré de braves gens
décidés à partager son sort jusqu'à la mort.

Quelques instants après, les deux ailes du corps d'armée
prussien opéraient leur jonction dans le bas du village. Le
Bourget était définitivement cerné; si la troupe qui s'y trouvait enfermée ne recevait pas de secours, elle n'avait plus
qu'à se rendre ou à mourir. Il était environ huit heures et
demie.

La garde montante arrivait à la Courneuve. Au bruit de

la mousqueterie, le colonel Hanrion, qui la commandait, s'était avancé au galop du côté du Bourget. Il avait immédiatement donné l'ordre à son fils, qui l'accompagnait comme officier d'ordonnance, de retourner sur ses pas pour presser l'arrivée des renforts et de revenir le rejoindre à l'entrée du village. L'infortuné jeune homme, après avoir accompli sa mission, accourait au poste qui lui avait été assigné; mais, pendant son absence, les Prussiens avaient occupé la position et couvraient la chaussée du chemin de fer d'un feu nourri. Une balle l'atteint au front, il tombe; et son cheval s'échappe affolé dans la plaine. Le malheureux père était revenu à la redoute des Quatre-Chemins, avec les derniers pelotons qui affirmaient que l'affaire était terminée. Les forts de l'Est et d'Aubervilliers, ayant reçu le signal de commencer le feu, se mirent à écraser le village qu'on ne supposait plus occupé que par l'ennemi.

Le jeune Hanrion sortait un des premiers de l'École d'état-major; il pouvait rêver une carrière rapide et brillante. Il est tombé victime de son obéissance au devoir. Comme lui, des milliers de jeunes gens, l'avenir du pays, ont donné leur vie pour la France, et, emportés à la fleur de l'âge, reposent au champ d'honneur; aucun n'a laissé un souvenir plus sympathique, une plus touchante mémoire.

Après le premier moment de trouble causé par l'irruption subite de l'ennemi et par la brusque retraite d'une partie de la garnison, le combat s'était rétabli dans le centre du village. Les artilleurs prussiens ne tiraient plus qu'avec précaution de peur d'atteindre leurs compatriotes. Le commandant Brasseur du 28e de marche, à gauche, le commandant Baroche, à droite, avaient groupé autour d'eux les hommes de cœur qui étaient restés au Bourget, soldats de toutes armes auxquels ils avaient communiqué leur sang-froid et leur résolution; c'étaient à peu près quinze cents hommes pour tenir tête à une véritable armée. La lutte d'infanterie s'engage alors ardente, furieuse.

L'ennemi, enhardi par son succès inespéré, croyait n'avoir plus qu'à saisir une proie facile; il paie sa témérité, les morts et les blessés jonchent le sol. Le commandant Baroche, à la tête d'une poignée de braves, reprend quelques abris un instant abandonnés du côté de la pièce d'eau; par son élan il fait reculer les Prussiens et les refoule dans l'enclos; malheur à ceux qui tardent trop à s'échapper! On se fusille à bout portant. Aux créneaux les fusils se croisent et s'entre-choquent, les combattants sont trop près pour s'atteindre, ils parent les coups; on aperçoit par les fentes les visages rouges des Allemands avec leurs barbes blondes; chaque meurtrière est le théâtre d'un duel effroyable.

— « Courage! criait Baroche à ses hommes, courage! « Bellemare a entendu la fusillade, il amène du renfort; les « Prussiens sont pris entre deux feux; c'est une victoire! »

Et les braves gens redoublaient d'efforts. Les uns lançaient à grands coups leur baïonnette dans les créneaux et la retiraient toute sanglante; d'autres, montés sur le mur, debout, faisaient avec la crosse de leur fusil un moulinet terrible et assommaient les assaillants. Mais à leur tour, un à un ils tombaient sans proférer une plainte, et le renfort n'arrivait pas.

Les Allemands, de leur côté, sentaient qu'il fallait vaincre à tout prix, ils s'acharnaient et oubliaient leur prudence; des lignes entières disparaissaient; les officiers se faisaient tuer pour donner l'exemple; et de nouveaux casques se dressaient sans cesse afin de combler les vides; des secours continuels multipliaient pour nous les effets de la fusillade

meurtrière. Les rangs des Français s'éclaircissaient; il n'é-
tait plus possible de tenir derrière les frêles abris des jardins. Il fallut bien céder au nombre et se retrancher dans
les maisons.

Les portes, les fenêtres sont barricadées; les Allemands
veulent s'avancer de tout le terrain que nous avons perdu,
mais ils sont encore tenus en respect par les feux croisés qui
partent de chaque embuscade (1).

Quelques fenêtres, après le combat, sont restées debout,
hachées par les balles; les plafonds, les murs intérieurs des
maisons sont labourés par les projectiles; pas une place qui
ne porte une cicatrice, digne témoin de cette lutte acharnée!
En visitant ces lieux de désolation, on se demande avec an-
goisse où se tenaient les combattants, comment il a pu en
survivre un seul. Quand un homme était frappé, un autre
prenait sa place; on emportait le blessé dans une salle basse
pour le panser; l'infortuné n'y était pas à l'abri. Nous
avons dit que les forts couvraient de feu le Bourget et con-
couraient, sans le savoir, avec les batteries prussiennes à
l'anéantissement des derniers braves qui s'obstinaient à ne
pas désespérer du salut de la France. Un détail horrible :

Une ambulance avait été improvisée au numéro 18 dans
une maison bourgeoise, un billard situé au rez-de-chaussée

* * *

(1) Trois bataillons de la Garde prussienne supportèrent courageusement une attaque faite par l'ennemi; mais ils durent reculer en combattant,
lentement il est vrai et devant des forces supérieures...
A onze heures, une partie de la réserve fut distribuée sur les ailes à
droite et à gauche et le général de Budritzki en prit le commandement. Le
combat était bien rétabli; mais il était sans résultat aucun. Les Français
qui combattaient bravement réussirent une fois encore à repousser les Allemands et ceux-ci se virent une fois encore trop faibles pour chasser l'ennemi de ses positions. Enfin, le général de Budritzki fit ouvrir un feu si vio-
lent que l'ennemi disparut et que la réserve put attaquer l'ennemi devant
elle... (Récit du premier combat du Bourget extrait d'un journal allemand
et publié par le Français du 4 janvier 1871.)

servait de table d'opération; un obus parti de Blancmesnil déchausse le mur de la salle en lançant des éclats dans la pièce; le chirurgien fait descendre les lits et les blessés dans une vaste cave bien abritée du côté des Prussiens; un énorme projectile lancé par une pièce d'Aubervilliers crève la voûte de la cave...

Les Allemands racontent qu'ils ont retrouvé une vingtaine de lits tordus et brisés, et un épouvantable pêle-mêle de débris informes, sans nom...

Et ce combat s'est prolongé pendant plus de six heures!

Les maisons tombaient une à une entre les mains de l'ennemi, qui par la sape se frayait un chemin au milieu des décombres et des flammes; sa route était sanglante; mais peu à peu nos feux s'éteignaient; les défenseurs voyaient leur nombre diminué de plus de moitié; les autres étaient tués, blessés ou prisonniers. La lutte la plus violente se concentre autour du grand bâtiment dont nous avons signalé le passage entre l'enclos et la route; c'était la clef de la position (1).

Les Prussiens, déjà en possession des deux extrémités du village, n'avaient plus qu'à déborder par ce passage sur la rue pour isoler les groupes des assiégés qui se donnaient encore la main, et, après les avoir coupés, se rendre ainsi aisément maîtres de la résistance.

Le commandant Baroche s'y était retranché; tous les bâtiments sont étoilés par les balles, pas une boiserie n'est intacte; une fenêtre percée dans le pignon qui s'ouvre sur la rue et permet de plonger vers le bas du village est plus criblée que les autres. C'est là que pendant trois quarts

(1) Le plus fort du combat était au-dessous de l'église, d'où l'on tirait de tous côtés des maisons se faisant face, avec une fureur que rien ne peut égaler. (*Moniteur* prussien du 10 novembre 1870.)

d'heure le commandant s'est tenu à découvert, debout, un
pied sur l'appui, faisant face à la colonne qui, après avoir
tourné le village, le prenait à revers en remontant la pente;
un chassepot à la main, il visait tranquillement, faisait feu,
reprenait une autre arme chargée que lui passaient des
soldats embusqués derrière lui et tirait de nouveau.

Plus de trente ennemis sont ainsi successivement tombés
devant lui : les balles sifflaient, trouaient la muraille, rebondissaient en ricochant dans la chambre; aucune ne
l'atteignait.

« C'était un spectacle étrange, racontait un officier prus-
« sien qui avait assisté au combat, un spectacle étrange et
« terrible que celui de cet homme qui paraissait seul tenir
« tête à nos colonnes profondes! Nous voyions tomber les
« nôtres; la rage nous emportait; de nos rangs on dirigeait
« sur lui une fusillade furieuse; à chaque décharge on le
« croyait frappé à mort, et, lorsque le nuage de poussière
« et de fumée se dissipait, on l'apercevait encore, tête nue,
« qui continuait à décharger ses armes avec autant de ré-
« gularité qu'à la manœuvre; il semblait invulnérable. Il y
« a un Dieu pour les braves! »

Oui, il y a un Dieu pour les braves. Mais quand ils ont
donné la mesure de leur valeur et touché l'extrême limite
du sacrifice, si la victoire leur échappe, si leur pays va
s'engloutir dans des désastres inouïs, ce Dieu bon leur
épargne ces horreurs et ces hontes; par un dernier bienfait,
avant l'heure de la défaite, il retire sa main protectrice; il
laisse la mort les frapper, rougir de leur sang ce sol qu'ils
deviennent impuissants à défendre; et sur leur front glacé
il dépose un laurier immortel, laurier vraiment sacré, car
l'ennemi n'a plus le droit de le contester et aucune envie,
aucune humiliation ne peuvent désormais le flétrir!

5

Depuis trois quarts d'heure le commandant se tenait à la fenêtre sans avoir été touché; tout à coup il est aveuglé par le sang : un éclat de pierre emporté par une balle lui a déchiré la tempe droite, l'œil paraît atteint : « Quel dommage, je ne vais plus pouvoir viser ! » dit-il, en s'essuyant. Il étanche le sang avec un mouchoir qu'il noue autour de sa tête et rassure ses hommes. On veut le panser, lui faire quitter ce poste périlleux :

— « La position n'est plus tenable, commandant; vous « avez fait assez pour l'honneur; résister plus longtemps est « inutile !

— « Il est impossible que Bellemarre nous abandonne, « le secours arrive; mes amis, tenez encore une demi- « heure ! »

Tous promirent, on va voir s'ils tinrent parole.

E. Baroche veut demander le même engagement aux débris de la quatrième compagnie embusquée dans un petit bâtiment situé également sur la rue de l'autre côté du passage; il descend, fait quelques pas à découvert, au moment d'atteindre la grille il s'arrête une dernière fois pour regarder en face les Prussiens, chancelle et tombe foudroyé; une balle l'a frappé en plein cœur.....

Il était onze heures et demie; le brouillard s'était dissipé. Le soleil s'élevait radieux. Ce fut la dernière journée lumineuse et chaude jusqu'à la fin du siége.

A partir de ce moment le combat se continue sans ordre, irrégulier, avec la rage du désespoir.

Vingt hommes barricadés au premier étage d'une masure qui commandait l'entrée du passage du côté de l'enclos sont sommés de se rendre; ils refusent. Par un dernier effort les Prussiens se précipitent dans l'étroit escalier, la baïonnette en avant. Pas un Français n'avait voulu se rendre;

lorsque les Prussiens descendirent, ils sortirent seuls...

Le passage perdu, la résistance n'était plus possible; les derniers qui restaient, deux cents hommes à peine durent à leur tour mettre bas les armes. Ils avaient largement tenu leur parole, car ils s'étaient encore battus pendant deux heures après la mort du commandant.

Deux anciens militaires, deux hommes de cœur, auxquels leur âge ne permettait plus de combattre, mais qui s'en consolaient en partageant les périls des soldats pour soigner les blessés, MM. Ozou de Verrie père (1) et Toussaint demandèrent alors l'autorisation de ramener dans nos lignes le corps d'E. Baroche. Les Prussiens, encore échauffés par la colère de la lutte, la leur refusèrent et même, au mépris du privilége attaché à leurs brassards de la société de Genève, les confondirent avec les prisonniers dirigés sur Gonesse. Avant de partir, les ambulanciers purent seulement attacher à la tunique du commandant un papier écrit au crayon qui faisait connaître son nom, sa famille, et recommandait pieusement son corps au respect de l'ennemi.

Vers la nuit tombante, les morts furent enterrés, autant que possible, à l'abri des obus, derrière le dernier mur à gauche de la route, du côté du Pont-Iblon.

A la même heure, un convoi d'artillerie montait la rue Lafayette et se dirigeait vers la route de Flandre.

Le général Trochu, après avoir laissé trois jours sans réponse les demandes de secours, se décidait à envoyer au

---

(1) M. le comte Ozou de Verrie était le père du capitaine dont nous avons signalé la brillante conduite et qui s'est rendu un des derniers. Le comte Ozou de Verrie est mort des suites de ses fatigues; il a laissé des notes intéressantes sur le combat du Bourget, qui ont été publiées et ont obtenu un légitime succès.

Bourget les canons sans lesquels la position n'était pas tenable (1).

Lorsqu'un parlementaire français se présenta le lendemain pour réclamer les blessés, l'officier supérieur qui commandait le Bourget lui dit avec une gravité solennelle :

— « Vous devez être bien fiers de vos officiers. Vous avez
« perdu le commandant Baroche; il s'est battu bravement
« et s'est fait tuer bravement (2). »

(1) Ce ne sont pas les canons qui manquaient; dans la reconnaissance
dirigée, le 19 octobre, sur Rueil, par le général Ducrot, on avait quatre-vingts
pièces dont les deux tiers n'ont pas servi.

(2) DÉFENSE DE PARIS.

Arrondissement de Saint-Denis.   Saint-Denis, 1ᵉʳ novembre 1870.

LE GÉNÉRAL,
commandant supérieur.

Envoyé en parlementaire pour obtenir qu'on nous rende nos blessés, j'ai
vu un officier de la garde royale qui, après avoir causé quelques instants
avec moi, m'a dit : « Vous devez être bien fiers de vos officiers. Vous avez
« perdu le commandant Baroche; il s'est battu bravement et s'est fait tuer
« bravement. »

Je crois de mon devoir de donner ce témoignage de sympathie et d'admiration.

R. SOUHART,
lieutenant d'état-major, officier d'ordonnance
du colonel commandant la 1ʳᵉ brigade de
Saint-Denis.

Je soussigné, officier supérieur de la garde mobile, attaché à l'état-major
général de Saint-Denis, certifie qu'hier 31 octobre en revenant à Saint-
Denis, au milieu des troupes qui avaient évacué le Bourget, j'ai rencontré
le capitaine commandant la 6ᵉ compagnie du 12ᵉ bataillon, qui m'a affirmé
n'avoir jamais pu décider M. Ernest Baroche, commandant ledit bataillon, à
abandonner son poste devenu intenable. — Cette affirmation qui prouvait
une conduite au-dessus de tout éloge est venue s'augmenter, dans la journée,
du témoignage d'officiers prussiens qui ont parlementé avec M. le lieutenant
Souhart, officier d'état-major. Ces officiers ont manifesté hautement et à
plusieurs reprises leur sympathique admiration pour la belle conduite militaire du commandant Baroche, mort en soldat et en volontaire.

Baron G. DE SAINT-GENIÈS,
aide de camp du général commandant supérieur
de Saint-Denis.

Le dimanche 30 octobre, lorsque je me présentais au Bourget, le soir

Plus tard le prince de Saxe, général en chef de l'armée
du Nord sous Paris, en répondant par une lettre autographe
à la famille qui avait demandé le corps, la croix et l'épée du
commandant, s'empressait de déclarer qu'il était « heureux
de rendre hommage au courage d'un brave adversaire. »
Enfin après l'armistice, quand la famille put pénétrer dans
les lignes prussiennes, au concours empressé de tous, à ces
exclamations par lesquelles chacun, officier ou soldat, cher-
chait dans son ignorance de notre langue à traduire son respect, elle comprit combien était restée légendaire l'histoire
du « commandant Baroche, le fils du ministre. » Un lieutenant de la garde, qui dans la nuit du 30 octobre avait pré-
sidé au funèbre service et que d'autres devoirs avaient depuis éloigné du pays, revint spontanément pour diriger ces
recherches douloureuses.

Et tandis qu'on découvrait ces glorieuses victimes, au
milieu desquelles reposait le commandant, amis, ennemis
côte à côte, enveloppés dans leurs vêtements de combat,
confondus dans la paix du sommeil éternel, un général à
barbe blanche s'avança jusqu'à la fosse, contempla longue-
ment la dépouille qu'on déposait dans un cercueil, et après
l'avoir saluée, chargea un officier, qui lui servait d'inter-
prète, d'exprimer l'admiration dont il était pénétré pour la

pour réclamer nos blessés, j'ignorais la mort du commandant Baroche.
L'officier prussien qui était le plus âgé et qui paraissait un des chefs de
l'état-major, me dit : « Monsieur, je viens d'apprendre que vous habitez
« Saint-Denis. Je vous dois la vérité. Tous vos officiers se sont battus en
« braves et ceux qui sont morts sont tombés glorieusement... »

Le lendemain, pour la troisième fois, vers quatre heures, j'étais encore
au Bourget. L'officier prussien m'exprima son regret d'avoir été obligé de
procéder à l'inhumation de tous ceux que nous avions perdus, et il m'an-
nonça la mort de M. Baroche et de M. Hanrion, en ajoutant qu'ils étaient
tous deux morts en braves...

H. SALLES,
directeur des ambulances de Saint-Denis.

noble conduite d'E. Baroche. C'était le prince Auguste de
Wurtemberg, général en chef de la garde prussienne, sous
les ordres duquel se trouvaient les régiments qui avaient
repris le Bourget (1).

L'opinion publique à Paris et en province n'était pas
d'ailleurs restée en arrière sur ces témoignages.

Malheureusement, de chaque côté, on ne connaissait
qu'une partie du drame, et les lacunes étaient comblées par
un roman qui ne faisait qu'altérer le caractère simple et
mâle de la vérité. Mais tous les journaux s'accordaient pour
glorifier le commandant Baroche; nous nous bornerons à
deux citations : l'une tirée du *Combat*, le journal de Félix
Pyat, est caractéristique; elle donne la mesure du sentiment populaire jusque dans les centres les plus radicaux :
« Le commandant Baroche a été coupé du reste de nos
troupes..... Ceux qui ont pu échapper nous ont dit que
cet officier avait été d'un courage et d'une bravoure in-

(1) Après le combat du Bourget, il avait félicité ses troupes par un ordre
du jour ainsi conçu :

« Soldats du corps de la garde,

« La deuxième division de l'infanterie de la garde, avec les troupes des
armes spéciales qui lui avaient été adjointes, a exécuté glorieusement l'attaque sur le Bourget.

« Un village ceint de hautes murailles en pierre, mis en état de défense
et occupé par les meilleures troupes de la garnison de Paris, a été enlevé à l'ennemi *qui a défendu chaque ferme avec tant d'opiniâtreté, que souvent les pionniers
devaient ouvrir la route à l'infanterie.*

« Bien que les pertes que cette victoire nous a coûtées soient relativement
très-considérables, le corps de la garde n'en a pas moins acquis une nouvelle journée de gloire pour les annales.

« Au nom du corps, je remercie pour l'honneur qu'ils ont ajouté au
corps, l'héroïque commandant de la 2ᵉ division de l'infanterie de la garde
qui, le premier a franchi, le drapeau à la main, la barricade qui fermait la
route, ainsi que les combattants de toutes les armes.

« Vive le roi ! »

Auguste, prince de Wurtemberg,
général commandant du corps de la garde.

Gonesse, 30 octobre 1870.

croyables pendant sa lutte de plusieurs heures contre un ennemi si nombreux (1). »

L'autre, empruntée à la *Liberté*, relate un épisode de la journée du samedi : « Le commandant Baroche a été admirable de bravoure et de sang-froid. Au plus fort de l'action et au moment où la mitraille pleuvait de toutes parts il aperçoit affichée une proclamation des Prussiens aux Français : « Voilà qui est à notre adresse, dit-il à ses mo-« biles; mes enfants, allons leur porter nous-mêmes la « réponse (2)! »

On était encore au milieu des illusions du premier déchaînement contre l'empire. Cependant depuis le 30 octobre le nom de Baroche ne fut plus prononcé qu'avec respect dans les clubs; plusieurs fois il y fut acclamé. Quand il s'agit de patriotisme, le vrai peuple est bon juge.

Dans une réunion électorale, un candidat, pour gagner des suffrages, plaisantait une circulaire de l'ancien ministre; on ignorait encore qu'il eût succombé quelques heures avant son fils, ne pouvant survivre, lui non plus, aux malheurs de la patrie déchue. Un républicain sincère, dont la famille avait aussi payé sa dette de sang à la France, M. Victor Lefranc, présidait; il l'interrompt : « Malheureux, vous oubliez que son fils s'est fait tuer héroïquement pour la défense du pays! » L'assemblée tressaillit au souffle de cette généreuse indignation; l'orateur malgré des excuses dut sortir, et des applaudissements répétés prouvèrent une fois de plus que devant les grands dévouements patriotiques, pour les honnêtes gens, il n'y a plus de parti.

Etrange aveuglement de la passion politique! les héros

(1) *Le Combat* du 1er novembre 1870.
(2) *La Liberté* du 1er novembre 1870.

du Bourget ne trouvaient la froideur et l'oubli que chez ceux qui les premiers avaient le devoir de les louer, pour être justes et pour leur susciter des imitateurs.

Voici le bulletin militaire écrit le 30 octobre au soir, à l'état-major général du gouverneur :

« Le Bourget, village en pointe en avant de nos lignes, qui avait été occupé par nos troupes, a été canonné pendant toute la journée d'hier sans succès par l'ennemi. Ce matin de bonne heure des masses d'infanterie, évaluées à plus de quinze mille hommes, se sont présentées de front, appuyées par une nombreuse artillerie, pendant que d'autres colonnes ont tourné le village venant de Dugny et de Blanc-mesnil.

« Un certain nombre d'hommes qui étaient dans la partie nord du Bourget ont été coupés du corps principal et sont restés entre les mains de l'ennemi.

« On n'en connaît pas exactement le nombre, il sera précisé demain. Le village de Drancy, occupé depuis vingt-quatre heures seulement, ne se trouvait plus appuyé à sa gauche et le temps ayant manqué pour le mettre en état respectable de défense, l'évacuation en a été ordonnée, pour ne pas compromettre les troupes qui s'y trouvaient.

« Le village du Bourget ne faisait pas partie de notre système général de défense; son occupation était d'une importance très-secondaire, et les bruits qui attribuent de la gravité aux incidents qui viennent d'être exposés sont sans aucun fondement. »

Dans une proclamation du général Trochu, adressée le 2 novembre aux gardes nationales de la Seine au sujet des événements de l'Hôtel-de-Ville, on lit encore cette phrase :

« ... Le pénible accident survenu au Bourget, par le fait d'une troupe qui, après avoir surpris l'ennemi, a manqué absolument de vigilance et s'est laissée surprendre à son tour, a vivement affecté l'opinion publique... »

Et c'est tout!

Ne semblerait-il pas que la position était sans valeur, que les troupes ont fui lâchement, sans lutte, sans pertes?

Mais, si « *l'occupation du Bourget était d'une importance très-secondaire,* » les Prussiens auraient-ils donc fait cet énorme effort pour le reprendre? (1) Pourquoi encore, six semaines plus tard, a-t-on mis en mouvement une armée de deux cent mille hommes dont les actions combinées devaient tendre à réoccuper le village? pourquoi, après un sanglant échec, a-t-on laissé toute une semaine les troupes dans la plaine, décimées par un froid glacial, attendant une occasion plus favorable qui ne s'est pas présentée? En admettant même cette assertion, démentie par la première inspection de la carte, comment a-t-on osé alors conserver la position pendant trois jours, et y abandonner trois mille braves gens qui, sans secours, sans artillerie, sans travaux extérieurs de défense, se trouvaient ainsi acculés dans une sorte de basse-fosse où ils ne pouvaient trouver que la captivité et la mort s'ils ne voulaient pas fuir au premier coup de feu?

« *La troupe, après avoir surpris l'ennemi, a manqué absolument de vigilance et s'est laissé surprendre à son tour!* » Quoi! pas un mot d'éloge pour cette belle attitude sous un bombardement de quarante-huit heures, pas un mot pour cette longue lutte corps à corps de la journée du 30 octobre,

---

(1) « ... L'occupation du Bourget est nécessaire pour les troupes d'Investissement, parce que de là l'ennemi aurait continuellement inquiété les positions allemandes avancées, et de plus aurait pu, par l'établissement de batteries au Bourget, menacer les positions du corps de la garde à Dugny et au Pont-Iblon. »

(*Illustrirte Zeitung*, 10 novembre 1870.)

pas une parole de regret pour les braves dont on connaissait pourtant les efforts et la fin héroïques! Les Allemands, dans leurs bulletins appellent la première affaire du Bourget *le plus sanglant des combats sous Paris;* ils avouent y avoir perdu trente-quatre officiers, dont deux colonels, et quatre cent quarante-neuf hommes de la garde (1), presque autant que dans la grande bataille de Buzenval du 19 janvier (trente-neuf officiers, six cent seize soldats), où le général Trochu dirigeait l'attaque à la tête d'une armée de plus de cent mille hommes (2). Est-ce donc là la conduite d'une

(1) Des docteurs et des officiers d'ambulances prussiennes ont affirmé au comte Ozou de Verrie, le 1ᵉʳ novembre, avoir perdu plus de trois mille hommes.

(2) *Documents officiels allemands,* chez Lachaud, Paris. — Les journaux allemands sont remplis de récits sur le combat du Bourget. Le roi de Prusse, dans une proclamation adressée à l'armée allemande de Paris, dans le courant du mois de décembre, parle des affaires de Champigny et du Bourget (affaire du 30 octobre) comme des combats les plus acharnés que ses troupes aient eu à soutenir contre les Parisiens.

— « ... Après trois attaques infructueuses et sanglantes, la garde prussienne dut lutter, maison par maison, au milieu du Bourget en flammes. *Les Français ont combattu sept heures avec une bravoure extraordinaire.* Des deux côtés les pertes sont graves. » (Récit de la première affaire du Bourget, extrait d'un journal allemand et publié par *le Français* du 4 janvier 1871.)

— « ... Dans le second combat du Bourget (21 décembre) les Français ont attaqué avec valeur... *Mais des exemples d'un courage méprisant la mort, comme en ont donné, le 30 octobre, le commandant Baroche et plusieurs de ses officiers, ne se sont plus montrés cette fois...* » (*Gazette nationale de Berlin* du 1ᵉʳ janvier 1871, extrait publié par *le Figaro* du 12 janvier.)

— « ... Dans le village même où les Français firent une résistance opiniâtre, il y eut une mêlée sanglante... On ne parvint à y prendre pied qu'avec de très-grands sacrifices... » (*Moniteur prussien,* 10 novembre 1870.)

— « Le combat le plus important que la 4ᵉ armée ait eu à soutenir contre les troupes françaises bloquées dans Paris a été la reprise du village du Bourget par la 2ᵉ division de la garde...

« Le combat fut entretenu des deux côtés avec une terrible animosité. Les Français déployèrent une rare habileté dans la défense des bâtiments fortifiés...

« Les documents officiels comme les lettres particulières rendent unanimement aux troupes parisiennes le témoignage qu'elles se sont défendues

troupe qui « *a manqué absolument de vigilance et qui s'est laissée surprendre* » ? Et s'il est vrai qu'une ligne placée en védette ait été facilement rompue par des forces écrasantes, à qui la faute ? N'est-ce pas à celui qui l'a laissée ainsi à découvert, à celui qui n'a pas donné une batterie, n'a pas fait ouvrir une tranchée ni élever un épaulement pour protéger la position et briser le premier élan de l'ennemi ?

Quelque temps après (1) le gouverneur publiait une proclamation pour citer à l'ordre du jour tous ceux qui s'étaient distingués dans la défense de Paris. Un nom y avait été inscrit d'avance par le jugement populaire, celui d'E. Baroche. Sur la liste officielle ce nom était absent. Le gouverneur ne se décidait pas à oublier la clairvoyante résistance du père du commandant qui, moins de trois mois auparavant, dans le conseil des ministres à la veille du 4 septembre, l'avait obligé à renouveler de trop solennelles protestations de fidélité à l'empire. Devant les réclamations unanimes de la presse contre cet étonnant oubli, le gouverneur dut céder; il se résigna (2) à formuler par *erratum* un contraint et tardif hommage.

Ce n'était pas le premier acte de mauvais vouloir. On avait cru frapper l'impérialiste par le fatal décret sur l'élection des officiers de la mobile (3). Le 17 septembre, en sor-

avec une grande opiniâtreté, avec le courage du désespoir... » (*Illustrirte Zeitung*, 10 novembre 1870.)

— « ... Quoique je sois habitué depuis longtemps à voir des combats horribles, je n'ai vu pareil spectacle qu'en ce lieu-là (le Bourget après l'affaire du 30 octobre); on peut sans mentir l'appeler *le lieu le plus sanglant des environs de Paris*. » (Lettres et illustrations de F. W. Heine.)

On trouvera des extraits plus étendus dans la brochure de M. Ozou de Verrie et dans celle de M. Dichard, garde mobile au 14e, prisonnier à Erfurt.

(1) *Journal officiel*, 19 novembre.

(2) *Journal officiel*, 23 novembre.

(3) Le décret fut signé la veille de la bataille de Châtillon, pendant que

tant du conseil où la mesure venait d'être arrêtée, un membre du gouvernement de la Défense Nationale s'est vanté d'avoir voté la destitution d'Ernest Baroche, et de n'avoir jamais donné de signature avec un plus vif plaisir. Puis quand cette manœuvre eut échoué par le dévouement du 12ᵉ, quand on vit que le suffrage l'aurait même nommé lieutenant-colonel, s'il n'eût décliné cet honneur, on le fit espionner, harceler dans des lettres anonymes rendues publiques, par de continuelles et calomnieuses dénonciations.

Le commandant connaissait ces bassesses et les méprisait; ses soldats moins patients prenaient chaque jour la plume pour démentir ces absurdes infamies.

Comme Baroche, Saillard, son ami, commandant du 1ᵉʳ bataillon de mobiles, depuis également tombé à l'ennemi, s'était vu proscrire par les républicains pour les services rendus sous l'empire. Comme lui, après son élection, il fut dénoncé, lâchement outragé.

Parmi ceux qui, le 4 septembre, s'étaient partagé la

l'ennemi investissait la ville et échangeait les premiers coups de feu avec nos avant-postes, quand on devait s'attendre à une attaque de vive force. Le gouvernement se jugea bientôt lui-même et s'accusa, sans s'en douter, d'un véritable crime, lorsque, pour se justifier d'ajourner les élections de la municipalité et de la constituante, il publiait ces déclarations : « Il est évident « que des élections faites sous le canon de l'ennemi sont un danger pour la « république. Elles porteraient une dangereuse atteinte à la défense... Tout « doit céder à l'accomplissement du devoir militaire. (*Officiel* du 8 octobre.) « Une armée ne peut pas voter sous le feu de l'ennemi, et en ce moment-ci « Paris est une armée. Une période électorale est et doit être une période « d'indiscipline, une période où chacun ne relève que de son propre senti-« ment et n'accepte aucune direction, aucun ordre. Supprimer en cet ins-« tant la discipline et la direction, ces deux conditions indispensables de la « défense, c'eût été s'exposer aux plus grands dangers. (*Officiel* du 9 octobre.)

Il est vrai que les élections de la constituante et de la municipalité altéraient la dictature des députés de Paris, tandis que les élections de la mobile ne compromettaient que le salut de la France. Pour les hommes de septembre la différence était capitale.

curée du pouvoir, il y en avait qui bornaient à ces soins honnêtes leur tâche patriotique. Misérables plagiaires des hommes de 92! Les Conventionnels, eux, au moins, savaient mourir; l'écharpe au côté, ils marchaient à l'ennemi en tête des bataillons de la République!

Pour l'honneur de la France on voudrait voiler ces faits indignes; il faut cependant les enregistrer : ils ne sont pas seulement la vérité de l'histoire, ils doivent rester la leçon de l'avenir. Mais, ce pénible devoir accompli, c'est une consolation de retrouver la persévérante affection dont le 12°, officiers et soldats, ne se lasse pas de renouveler à son ancien commandant le touchant témoignage.

Au lendemain de l'armistice, quand Paris affolé de honte voyait ses portes ouvertes aux Prussiens, la famille du commandant n'avait pas pensé qu'il fût bon, pour honorer sa mémoire, de déployer une pompe militaire et d'irriter encore la colère du peuple, en évoquant devant lui le double et navrant souvenir de l'héroïsme inutile de ses enfants et de l'incapacité lamentable des hommes de septembre.

Quelques amis et les officiers qui avaient pu être prévenus assistaient donc seuls au service célébré, le 17 février 1871, dans la petite chapelle du Père-Lachaise et conduisaient la dépouille du brave à sa dernière demeure.

Les soldats, qui ignoraient le motif de cette réserve, adressèrent à la presse une lettre honorable pour tous, dans laquelle ils justifiaient leur absence et protestaient contre cette apparente exclusion; « s'ils avaient été avertis, ils seraient tous venus rendre les derniers devoirs à leur commandant. »

Pour remplacer cette pieuse démarche, une souscription fut spontanément ouverte afin de faire sculpter une couronne de marbre qui devait être déposée sur sa tombe.

« Les officiers, sous-officiers et soldats du 12ᵉ bataillon
« n'ont pas voulu se séparer sans rendre un dernier hom-
« mage à la mémoire de leur ancien chef, — écrivait au re-
« présentant de la famille le nouveau commandant, M. de
« Neuvier. — Ils me chargent de vous renouveler leur
« admiration pour la belle conduite et la mort héroïque du
« brave commandant Baroche, et ils vous prient de vouloir
« bien accepter aujourd'hui une modeste couronne destinée
« à perpétuer le souvenir d'un homme de grand cœur tombé
« glorieusement pour la défense de son pays.

« Elle témoignera de nos légitimes regrets et restera pour
« votre famille un perpétuel honneur. »

La couronne a été suspendue au mur du monument dans
lequel reposent les restes d'E. Baroche, au Père-Lachaise ;
elle est de lauriers et d'immortelles ; les branches de feuil-
lage sont reliées par un ruban auquel est suspendue la croix
avec son exergue : HONNEUR ET PATRIE. Au centre une tablette porte gravée cette inscription :

LE 12ᵉ BATAILLON DE MOBILES DE LA SEINE

A SON COMMANDANT E. BAROCHE

TUÉ A L'ENNEMI LE 30 OCTOBRE 1870

DANS LE COMBAT DU BOURGET.

PARIS. — E. DE SOYE ET FILS, IMPR., 5, PL. DU PANTHÉON.